www.tredition.de

Kinder sind manchmal anstrengend. Manchmal nerven sie auch ganz schön. Aber immer sind sie süß und liebenswert. Und wenn sie – wie Marlena – noch keine drei Jahre alt sind, haben sie auch schon den ein oder anderen kessen Spruch auf den Lippen. Der Autor dieses kleinen Büchleins hat einmal genauer hingehört.

René Andrich

Süßer Fratz macht kesse Sprüche

Aufgeschrieben von Papa

www.tredition.de

Inhaltsverzeichnis

Vorwort

Kapitel 7

Kapitel 8

Kapitel 9

Über tredition

Als meine Tochter Marlena das Licht der Welt erblickte, war es für mich wie für alle Väter dieser Welt Liebe auf den ersten Blick. Von Anfang an freute ich mich, wenn sie nachts Hunger bekam und ich aufstehen und sie in den Arm nehmen konnte, um ihr das Fläschchen zu reichen. Ich war stolz, sie im Kinderwagen den Nachbarn und Freunden präsentieren zu können und ließ mir von ihr später, als sie etwas älter war und auf meinen Schultern ritt, gern auch mal an den Haaren ziehen.

In dieser Zeit habe ich mir in vielen alltäglichen Situationen Notizen gemacht – sei es im Urlaub in Dänemark, auf Mallorca oder auf Föhr, sei es an Wochenenden zu Besuch bei der Oma oder bei Spaziergängen in den Parks und Wäldern rund um unser Zuhause im Nordosten Hamburgs. Alles, was in diesem Büchlein geschrieben steht, ist so oder so ähnlich passiert…

René Andrich

Kapitel 1

Darf man Grashüpfer küssen?

„P apa?"

„Ja, Lena?"

„Was ist das denn?"

„Was meinst Du?"

„Na, hier oben!"

„Ich weiß nicht, was Du meinst. Ich sehe nur die Wand unseres Wohnzimmers."

Zwei Minuten später: „Papa, komm mal!"

„Was ist denn, Lena?"

„Papa, komm mal – hier oben!"

„Du bist 'ne alte Nervensäge."

„Ich bin MAR-LE-NA aus Hamburg!!"

„Ich weiß, mein Schatz."

„Papa, was ist das?"

„Was denn nun?"

„Da oben!"

„Ach, da in der Ecke? Das ist ein Grashüpfer."

„Warum?"

„Na, der heißt eben so."

„Warum heißt der so?"

„Der heißt Grashüpfer, weil der immer im Gras herumhüpft."

„Papa?"

„Ja, Lena?"

„Warum hüpft der im Gras herum?"

„Weil der im Gras wohnt. Und dann hüpft er da eben herum."

„Lena will auch im Gras wohnen."

„Kleine Mädchen wohnen mit ihrer Mami und ihrem Papi in einer Wohnung."

Pause, aber nur ganz kurz

„Papi?"

„Ja, Maus?"

„Warum ist der da oben?"

„Was meinst Du?"

„Na, da oben."

„Der Grashüpfer?"

„Warum hüpft der Grashüpfer nicht im Gras?"

„Sicher hat er sich verlaufen."

„Wo wollte er denn hin?"

„Weiß ich auch nicht." *Kurzes Zögern.* „Vielleicht in die Schule."

„Was ist eine Schule?"

„In einer Schule lernt man Lesen und Schreiben. So wie Dein Freund Moritz."

„Wo ist Moritz?"

„Jetzt? Weiß ich nicht. Vielleicht bei seiner Omi zum Mittagessen."

Kurze Pause

„Mal Ei machen."

„Wen oder was möchtest Du Ei machen?"

„Den Grashüpfer. Gib ihn mir mal her."

„Marlena! Ein Grashüpfer ist doch kein Spielzeug."

„Warum ist er kein Spielzeug?"

„Na, ein Grashüpfer ist doch ein kleines Lebewesen. Und damit spielt man nicht."

„Warum…?"

„Weil das Tier so klein ist und Angst hat vor der großen Lena."

„Nur mal streicheln…"

„Nein. Komm, wir setzen ihn lieber draußen auf den Rasen. Dann kann er dort weiter hüpfen."

„Lena setzt ihn raus!"

„Nein, das macht besser der Papa."

„Lena auch!!"

„Pass auf, ich mach jetzt erst das Fenster auf, so, und jetzt nehme ich ihn vorsichtig in die hohle Hand."

„Und wo ist er jetzt?"

„Hier guck, zwischen meinen Händen."

„Wo krabbelt er jetzt hin?"

„Der ist mir durch die Finger geschlüpft. So! Da ist er wieder."

„Kann ich ihn mal haben?"

„Nein, lass mal lieber."

„Warum darf Lena ihn nicht haben?"

„Ich habe Angst, dass Du ihn kaputt machst."

„Darf Lena ihm ein Küsschen geben?"

„Wem…dem Grashüpfer? Grashüpfer küsst man doch nicht!"

„Lena hat Moritz ein Küsschen gegeben."

„ Moritz ist Dein Freund, nicht?"

„Ja, und Oma und Pauli und Karin und Onkel Eckhard."

„Das sind alles Deine Freunde?"

„Hm."

„Und hast Du noch mehr Freunde?"

„Nein."

„Und was ist mit Michi?"

„Michi auch."

„Und Steffi?"

„Und Martina und Uta…"

„Das sind nun alles Deine Freunde? Und hast Du vielleicht noch mehr?"

„Weiß nicht."

„Du hast ganz schön viele Freunde."

„Mama ist auch mein Freund. Und Papa."

„Lena ist auch Mamas und Papas kleine Freundin."

Kurze Pause

„Papa?"

„Ja, Lena?"

„Was macht der Grashüpfer jetzt?"

„Weiß nicht, vielleicht hüpft er jetzt draußen im Gras."

„Papa?"

„Ja, mein Schatz?"

„Lena will auch draußen spielen."

Kapitel 2

Lieber das blaue oder das rote Kleid?

„Guten Morgen, Marlena."

Nichts

„Leena, schläfst Du noch?"

Nichts. Die halb geöffneten Augen schließen sich schnell wieder

„Guten Morgen, mein Schatz, bist Du etwa noch müde?"

„Ja. Mama auch da?"

„Mama muss heute arbeiten."

„Wo?"

„Na, das weißt Du doch. Im Büro."

„Ist Frau Bargfeld auch im Büro?"

„Das weiß ich nicht. Ich glaube aber, sie ist heute nicht da."

„Wo ist Frau Bargfeld?"

„Ich glaube, Frau Bargfeld ist heute zuhause."

„Was macht sie da?"

„Das weiß ich doch auch nicht. Vielleicht schläft sie. Oder sie macht die Wohnung sauber. Oder vielleicht kauft sie ein."

„Was kauft sie ein?"

„Nun, sie muss doch etwas zu essen kaufen. Jetzt stehe aber endlich auf."

Pause

„Omi fahren?"

„Nein, heute nicht. Sie war doch gerade erst am Wochenende bei uns."

„Wo fahren wir denn hin?"

„Wollen wir Mama besuchen?"

„Wo?"

„In ihrem Büro."

Pause

„Ist Frau Maier auch da?"

„Nein, Frau Maier arbeitet heute nicht."

„Warum nicht?"

„Heute ist Sonnabend."

„Was ist Sonnabend?"

„Ein Tag in der Woche, an dem Papa nicht zu arbeiten braucht. Und Frau Bargfeld und Frau Maier auch nicht."

„Und Mama?"

„Mama arbeitet sonnabends."

Pause

„Papa?"

„Ja, Lena?"

„Was arbeitet Mama?"

„Sie arbeitet im Büro. Sie schreibt und telefoniert. Und sie spricht mit Kunden und Kollegen, die zu ihr ins Büro kommen."

„Was spricht sie mit denen?"

„Das fragst Du sie nachher am besten selbst."

„Herr Strehl auch da?"

„Glaub schon."

Pause

„Wo ist Moritz?"

„Der ist wohl noch im Haus. Ich habe ihn noch nicht gesehen."

„Was macht er da?"

„Wenn er nicht schon am Frühstückstisch sitzt, schläft er vielleicht noch."

„Lena will auch schlafen."

„Bist Du etwa noch müde?"

„Ja."

„Ich denke, wir wollen zu Mami?"

„Ja."

„Na, dann komm. Es ist schon spät."

„Ich will das Kleid anziehen."

„Welches Kleid?"

„Das!"

„Das blaue?"

„Nein, das rote!"

„O.K., komm her, wir ziehen das rote Kleid an."

„Nein, das andere Kleid!"

„Welches jetzt: das rote oder das blaue?"

„Das blaue!"

„Aber dabei bleibt es jetzt."

„Das rote! Das rote! Lena will das rote Kleid anziehen!"

„Jetzt ziehen wir das rote Kleid an, und damit aber basta!"

Pause

„Und welche Schuhe willst Du anziehen?"

„Diese da!"

„Wirklich?"

„Ja."

„Gut, dann bring sie her. Wir ziehen sie gleich an."

„Lena allein."

„Komm, wir müssen uns beeilen. Wir machen das zusammen."

„Allein anziehen!"

„Bitte schön."

Längere Pause

„Papi, hilf mal."

„Geht´s nicht allein? Das hätten wir auch gleich haben können."

„Nicht so eng!"

„Entschuldigung. Ist´s so besser?"

„Lena macht das!"

„Das kenne ich schon. Komm, jetzt mach keine Zicken."

„Ich mache keine Zicken."

„Was machst Du denn?"

„Ich fahr zu Mama."

„Zu Mama?"

„Und Herrn Strehl."

„Wenn das noch lange dauert, hat Mama Feierabend, bevor wir bei ihr sind."

„Feierabend?"

„Ja, Schluss mit der Arbeit."

„Warum?"

„Sie muss doch auch mal aufhören zu arbeiten."

„Und was macht Mama dann?"

„Dann fährt sie nach Hause. Zu Lena und Papa."

Pause

„Papi, wo ist Moritz?"

„Du immer mit Deinem Moritz. Komm jetzt, Lena, wir wollen doch zu Mami!!"

Kapitel 3

Müssen ist nicht immer einfach

„Papi, ich kann nichts sehen."

„Wir haben keinen Kindersitz, der ist in Mamis Auto."

„Andere Musik!"

„Ich habe keine andere Musik."

„Bibi Blocksberg!"

„Lena, ich kann keine CD einlegen. Der CD-Player ist kaputt."

„Nicht so laut."

„O.K., mach die Augen ein bisschen zu, bis wir bei Oma sind."

Pause – zwei Minuten später: „Ich hab Durst."

„Kannst Du nicht warten, bis wir bei Oma sind? Wir sind in einer Viertelstunde da."

„Ja."

Zehn Sekunden später: „Ich hab Durst."

„Schon gut, warte, ich gebe Dir Dein Fläschchen nach hinten. Halt aber gut fest."

„Ein Pferdchen! Ein Pferdchen!"

„Du hast Recht. Da ganz hinten ist ein Pferd. Ich denke, Du kannst nichts sehen?"

„Ein schönes, weißes Pferdchen!"

„Ja, das ist ein Schimmel; mach' doch die Augen ein bisschen zu."

Ganz kurze Pause

„Pipi!!"

„Jetzt?"

„Ja."

„Wirklich? Wir sind mitten auf der Autobahn. Kannst Du nicht noch etwas warten?"

Keine Antwort. Zehn Sekunden Stille, dann:

„Paapi, ich muss mal."

„Kannst Du denn nicht noch warten?"

„Ich muss mal!!!"

„Warte, ich halte hier auf der Standspur."

Das Auto hält, der Motor läuft noch und die hintere Tür steht offen wie bei einem Taubenschlag

„So, Hosen runter. Seeehr praktisch, die Hosen, die Mama kauft. Wie geht das denn hier?"

„Pipi!"

„Schneller geht das nicht, Marlena. Der Knopf hat sich in der Strickjacke verheddert."

„So laut!"

„Das macht nichts, Du wolltest ja mitten auf der Autobahn pinkeln."

„Die Autos sind so laut!"

„Die sind nun mal nicht leiser. So jetzt mach endlich. Mir werden schon die Arme lahm."

Lange Pause, eine Ewigkeit

„Geht nicht."

„Was heißt hier geht nicht?"

„Geht nicht."

„Komm, drück mal ordentlich."

„So laut!"

„Die Autos tun Dir doch nichts."

„Weiterfahren."

„Na gut, aber noch mal halte ich nicht."

Zwei Minuten Pause

„A a"

„Autofahren macht unheimlich Spaß mit Dir, Marlena. Ich halte da vorn bei den Büschen."

Wieder am Straßenrand: „So, nun geht das mit den Knöpfen wieder los. Jetzt mach aber auch!"

„Ein Flugzeug!"

„Wo?"

„Da, ein Flugzeug."

„Ja, aber Du wolltest doch A a machen."

„Fertig."

„Wo denn? Wo ist denn das Würstchen?"

„Nicht A a, Lena hat Pipi gemacht."

„Na gut, wenigstens etwas. Wollen wir jetzt weiter fahren zu Omi?"

„Wo ist Omi?"

„Das weißt Du doch: in ihrer Wohnung. Wir sind gleich da."

„Oomi! Wir kommen!"

Kapitel 4

Hat der Esel eine Brille?

„**D**a oben ist ein Flugzeug."

„Ja, das sehe ich. Da ist ein kleines Flugzeug."

„Papa, wie heißt das Flugzeug?"

„Das weiß ich nicht. Flugzeuge haben im Allgemeinen keine Namen."

„Onkel Eckhard weiß das."

„Onkel Eckhard ist ja auch ein ganz Schlauer…"

Kleine Pause

„Gestern war da ein Messer-und-Gabel-Flugzeug."

„Du meinst den Lufthansa-Kranich. Das ist doch schon ein paar Tage her."

„Ja, gestern."

„Onkel Eckhard hatte uns zum Flughafen gebracht, nicht? Hat er Dir gesagt, dass das Flugzeug mit Messer und Gabel bemalt war?"

„Weiß nicht. Tante Karin war auch da."

Pause

„Guck mal, die Frau hat rote Füße."

„Pst, Lena."

„Guck mal, ganz rot."

„Ja, Lena. Das ist aber hübsch. Magst Du das leiden?"

„Nein."

„Na klar magst Du das leiden, nicht?"

„Nein."

„Mama hat doch auch manchmal die Füße lackiert. Ist doch hübsch, nicht?"

„Nein."

Betretenes Schweigen

„Papa, das ist aber eine kleine Oma."

„Ja, komm weiter."

„Papa, warum ist die Oma so klein?"

„Komm schon, Marlena, die Frau ist krank."

„Warum ist die Frau krank?"

„Brüll nicht so, Marlena, die Frau kann nicht laufen."

„Warum kann die Frau nicht laufen?"

„Weiß ich nicht. Komm, wir müssen jetzt weiter."

Lena zur Frau gewandt:

„Warum kannst Du nicht laufen?"

Noch betreteneres Schweigen

„Papa, warum sagt die Frau nichts?"

„Weiß ich nicht. Möchtest Du jetzt ein Eis?"

Gottseidank klappt die Ablenkung:

„Ja, ein gelbes."

„Das gelbe ist ausverkauft. Möchtest Du ein Schokoladeneis?"

„Ein gelbes!"

„Lena, das gelbe Eis gibt es nicht mehr. Möchtest Du ein anderes Eis?"

„Ja."

„Welches denn?"

„Weiß nicht."

„Ein Himbeereis? Das rote?"

„Ja, das rote."

„Gut, dann nehme ich ein rotes Eis für Dich und ein Schoko-Eis für mich."

„Papa, tauschen."

„Du wolltest doch das rote."

„Nein, tauschen."

„Ich mag aber gar nicht so gern Himbeereis."

„Tauschen, Papa!"

„Na gut, aber dabei bleibt es dann auch."

„Ja."

Pause

„Guck mal, Papa, ein Pferd."

„Das ist kein Pferd, Lena, das ist ein Esel."

„Warum ist das ein Esel?"

„Das sieht nur aus wie ein Pferd. Das hat aber ganz lange Ohren. Deshalb ist das ein Esel."

„Warum hat das so lange Ohren?"

„Damit es gut zuhören kann, wenn der Mann dort mit ihm spricht."

„Was spricht der Mann denn?"

„Der Mann sagt dem Esel, wenn er laufen und wenn er stehenbleiben soll."

„Hat der Esel eine Brille?"

„Das sind Scheuklappen."

„Was sind Scheuklappen?"

„Damit guckt der Esel nur geradeaus. Und guckt nicht in der Weltgeschichte herum wie Du."

Pause

„Warum guckt er nur geradeaus?"

„Na, weil er nicht an den Scheuklappen vorbei-
sehen kann."

„Kann ich mal Ei machen?"

„Da musst Du den Mann fragen."

Lena wendet sich an den Mann:

„Darf ich mal Ei machen?"

Nichts. Dann mit festerer Stimme:

„Darf ich mal Ei machen?"

Immer noch nichts

„Papi, der Mann sagt gar nichts."

„Der versteht Dich nicht. – Darf die Kleine mal
Ihren Esel streicheln?"

Lena darf und streichelt den Esel:

„Schön warm."

„Der Esel ist schön warm?"

„Ja, und er hat viele Haare. Guck mal."

„Nicht daran ziehen, sonst wird der Esel böse."

„Darf ich mich mal draufsetzen?"

„Nein, der ist doch schon ganz beladen. Der
Arme muss soviel tragen."

„Darf ich ihm mal ein Küsschen geben?"

„Lena, einen Esel küsst man doch nicht!"

„Lena hat Moritz ein Küsschen gegeben. Und Pauli und Mama."

„Das ist auch etwas anderes."

„Warum ist das etwas anderes?"

„Tiere küsst man nicht – nur Menschen."

„Und Omi auch."

„Omi ist doch auch ein Mensch, oder?"

Kapitel 5

Am Pool ist nichts zum Harken

„Aufstehen! Ihr sollt aufstehen!"

„Oh, Lena, was machst Du denn jetzt schon hier? Wir sind doch in den Ferien und es ist noch so früh!"

„Nicht mehr schlafen. Mit Mama Frühstück kaufen."

„Ich glaube, Deine Mama schläft noch ganz fest. Killer mal ihre Füße."

„Sie lacht nicht…"

„Sag mal der Mama, sie muss jetzt aufstehen. Es ist schon acht Uhr."

„Mama, aufstehen. Es ist schon – wie heißt das, Papa?"

„Acht Uhr."

„Acht Uhr."

Pause. Im Bett rührt sich nichts.

„Ihr müsst jetzt aufstehen! Lena hat Hunger."

„Seit wann hast Du denn Hunger? Hast Du vielleicht auch Durst?"

„Ja."

„Willst Du etwas trinken, und wir schlafen dann weiter?"

„Ich will Baden gehen."

Später beim Frühstück

„So, Lena, jetzt iss schön. Du hast doch solchen Kohldampf."

„Ich mag nicht essen."

„Was willst Du denn sonst?"

„Ich will schlafen. Ich bin müde."

„Gut; aber ohne Schnuller."

„Nein, mit Schnulli."

„Den gibt´s nur nachts und zum Mittagsschlaf."

„Nur anfassen."

„Nein, den Schnuller legen wir jetzt weg."

„Ich bin nicht müde."

„Was möchtest Du denn jetzt machen?"

„Baden gehen."

„Gut, wir packen alles ein, und dann geht´s los."

Packen

„Die Harke kannst Du hierlassen. Die können wir am Swimmingpool nicht gebrauchen."

„Doch, mitnehmen!"

„Lena, am Pool ist nichts zum Harken. Lass sie doch hier."

„Aber die Schaufel mitnehmen."

„Zum Schaufeln ist da auch nichts am Pool. Wenn Du willst, nehmen wir den Eimer mit."

„Wo ist der Eimer?"

„Ach so, der ist noch im Auto."

„Wo ist der Eimer?"

„Der ist noch von gestern im Auto. Willst Du Deinen Badeanzug mitnehmen – dann nimm ihn von der Wäscheleine."

„Nein, keinen Badeanzug mitnehmen."

„Nimm ihn doch mit. Damit siehst Du doch so niedlich aus. Ich nehme ihn von der Leine. - Oh, der ist ja noch gar nicht trocken. Dann müssen wir ihn doch hierlassen."

„Lena will ihren Badeanzug mitnehmen."

„Der ist aber noch nass, Lena."

„Warum ist der nass?"

„Der ist über Nacht nicht getrocknet. Vielleicht hat's auch ein bisschen geregnet."

„Anderen Badeanzug mitnehmen."

„Gut, wir stecken den anderen Badeanzug ein. Jetzt aber los!"

Am Pool

„Willst Du gleich ins Wasser gehen, Lena?"

„Ja."

„Warte, dann puste ich Dir erstmal die Schwimmflügel auf. Und was ist mit dem Badeanzug?"

„Ohne Badeanzug!"

„Du wolltest ihn doch unbedingt mitnehmen."

„Nein, brauch ich nicht."

Kapitel 6

Hoppe Reiter auf Papas Schulter

„Au-ha!"

„Was ist, Lena? Was hast Du gemacht?"

„Mein Fuß! Ich hab meinen Fuß gestoßen."

„Zeig mal schnell her. Komm, ich puste mal. Ist ja gar nichts zu sehen."

„Ist nicht lustig. Au!"

„Schade, dann können wir wohl nicht zum Swimmingpool."

Pause. Ganz kurz

„Mein Fuß tut gar nicht mehr weh."

„Schon alles wieder gut? Na, dann war das wohl doch nicht ganz so schlimm."

„Doch, war ganz schlimm."

„Aber jetzt geht es wieder?"

„Ja. Nase läuft, Papa. Taschentuch!"

„Hier, aber schmiere Dir nicht wieder alles an die Backe."

„Nein."

„Und was ist das? Komm her und schnief noch mal."

„Kann Lena allein."

„Ja, aber so geht´s besser. Siehst Du…? Und wo wollen wir jetzt hin: zum Strand oder zum Swimmingpool?"

„Baden gehen!"

„Ja, das ist ja beides. Gut, gehen wir wieder zum Strand wie heute Vormittag."

„Nein, Swimmingpool."

Pause

„Papa, Arm!"

„Das Stückchen zum Swimmingpool kannst Du auch mal zu Fuß gehen."

„Arm!"

„Lena, ich habe schon beide Hände voll."

„Arm, Papa!"

„Warte, dann muss ich erstmal die Sachen umhängen – so, komm schon."

Zwei Minuten später

„Schulter! Ich will auf die Schulter."

„Nein, das geht jetzt nicht. Außerdem: Wie heißt das? Du weißt doch: Kinder mit ´nem Willen..."

„...auf die Brille."

„Genau!"

„Schulter, Papa."

„Wie heißt das richtig?"

„Bitte Schulter."

„Siehst Du, es geht doch. Jetzt muss ich Dich wohl auf die Schulter nehmen."

Kurze Pause

„Hampel nicht so herum, Marlena."

„Hoppe Reiter."

„Hoppe Reiter geht jetzt nicht – auch noch mit der Badetasche. Aua Lena, zieh doch nicht an meinen Haaren!"

„Das wollte ich nicht."

„Und wenn Du mir die Augen zuhältst, dann laufen wir gegen einen Lichtmast."

„Wo ist ein Lichtmast?"

„Na, hier vorn, das Graue mit der Laterne da oben, das ist ein Lichtmast."

„Warum ist das ein Lichtmast?"

„Warum der hier steht? Damit man hier abends und nachts, wenn es dunkel ist, was sehen kann."

„Warum kann man was sehen?"

„Wenn die Laterne an ist, kann man etwas sehen. Und sonst ist es nachts so dunkel, dass man hier nicht spazieren gehen kann."

„Die Haare sind schön weich."

„Meine Haare? Aber ziehe nicht schon wieder daran herum."

Pause

„So, Lena, die letzten Meter musst Du jetzt laufen. Mir tut der Nacken weh."

Nur ungern lässt Marlena sich auf den Boden stellen:

„Aua-ha!"

„Was ist denn?"

„Beine eingeschlafen!"

„Das wird gleich wieder gut. Komm, ich massiere sie Dir ein bisschen."

„Aua-ha!"

„Immer noch nicht gut?"

„Nein."

„Was machen wir denn da?"

„Auf den Arm!"

Kapitel 7

Das neue Zähnchen ist ganz schön hübsch

„Wo ist mein Liederbuch, Papa?"

„Das muss unter Deinem Malheft liegen, da rechts."

„Hab schon. Sing mal, Papa."

„Was soll ich denn singen?"

„Hier, dies: Augustin, Augustin."

„Oh, Du lieber Augustin, Augustin, Augustin…"

„Jetzt dies!"

„Alle meine Entchen schwimmen auf dem See, schwimmen auf…"

„Nein, das nicht. Anderes Lied."

„Woran siehst Du denn, welches Lied Du aufgeschlagen hast? Du kannst doch noch gar nicht lesen. Kennst Du schon alle Zeichnungen auswendig?

„Dieses Lied: Mutter und Kind."

„Das kenne ich gar nicht. Mal sehen, ob ich die Noten lesen kann. Also: Es war eine Mutter, die hatte vier Kinder: den Frühling, den Sommer, den Herbst und den Winter…"

„Weiter singen."

„Woher kennst Du das denn?

„Oma singt das."

„Ich kenne das nicht."

„Wir sind die lustigen Handwerker…"

„Was ist denn das nun wieder?"

„Wir waschen die Hände…"

„Singt das auch alles die Oma?"

„Nein, im Kindergarten."

Pause

„Bist Du schon müde? Du bist ja schon in Dein Bett gekrabbelt. Magst Du Dein Bett?"

„Das ist ein Sofa, kein Bett!"

„Das stimmt. Hier in den Ferien schläfst Du auf dem Sofa. Aber darauf schläfst Du gut, oder?"

„Ja."

„Woher weißt Du eigentlich, dass dies ein Sofa ist?"

„Lena ist eine schlaue Maus."

„Ja, das stimmt; und eine süße dazu."

Pause

„Fass mal in meinen Mund. Ich hab einen neuen Zahn."

„Ach wo, das hätten Mama und Papa doch längst bemerkt."

„Doch, da oben."

„Zeig mal her. Tatsächlich. Der lugt ja schon ein ganzes Stückchen heraus."

„Ein hübsches Zähnchen!"

„Du putzt Deine Zähne ja auch immer ganz fein. Dann bleiben sie schön weiß. Schenkst Du mir Deinen neuen Zahn?"

„Der ist ganz fest."

„Hast Du keinen, der locker ist?"

„Die sind alle schön fest."

„Wenn Du so groß bist wie Moritz oder noch ein oder zwei Jahre älter, dann lockern sich Deine Zähne und fallen alle raus."

„Nein, die fallen nicht raus."

„Doch. Und dann sind darunter schon schöne, neue, große Zähne – wie Mamas und Papas. Und viel mehr als Du jetzt hast."

„Warum hat Lena dann neue Zähne?"

„Das weiß ich eigentlich auch nicht so genau."

„Warum weißt Du das nicht?"

„Ich weiß doch auch nicht alles. Aber in den nächsten Jahren wächst Dein Kiefer noch ein bisschen und dann werden Deine Zähne, die Du jetzt hast, zu klein."

„Was ist ein Kiefer?"

„Dein Kiefer ist das hier: wo Deine Zähne heraus wachsen."

„Hast Du auch einen Kiefer?"

„Ja, hier: Fass mal an. Jeder Mensch hat einen Kiefer."

„Moritz auch?"

„Ja, jeder. So, jetzt geht´s ins Bettchen."

Pause

„Ich brauche heute keine Windel."

„Wieso brauchst Du keine Windel?"

„Ich piescher nicht ins Bettchen."

„Heute Morgen war Deine Windel aber nass."

„Nein, keine Windel. Ich piescher nicht ins Bettchen."

„Wenn sie morgen früh trocken ist, können wir es mal ohne versuchen. Vorher ist es mir in einem fremden Bett zu gefährlich."

Pause. Lena scheint schon zu schlafen, aber es scheint nur so:

„Papi, was machst Du denn?"

„Pst, schlafe weiter, ich hole mir nur noch einen Schluck Milch aus dem Kühlschrank."

„Ich hab auch Durst."

„Nach dem Zähneputzen gibt´s nichts mehr."

„Ich hab aber Durst."

„O.K., ich gebe Dir noch ein Glas Milch. Dann schlaf aber schön. Gute Nacht, mein Schatz."

„Papa…"

„Ja?"

„Ein Küsschen…"

Kapitel 8

Versteckspiel mit dem Mond

„Wo ist eigentlich der Mond? Schläft der schon?"

„Nein, der Mond schläft am Tag."

"Und was macht der Mond jetzt?"

„Der ist da oben irgendwo; er hat sich aber versteckt."

„Wo hat er sich eigentlich versteckt?"

„Hinter einer großen Wolke, mein Schatz."

„Hinter welcher Wolke?"

„Ich weiß es nicht – hinter irgendeiner Wolke."

Pause

„Und wo sind die Sterne jetzt?"

„Ich glaube, die spielen mit dem Mond Verstecken."

„Lena will auch verstecken."

„Aber hier ist doch weit und breit nichts zum Verstecken. Wo willst Du Dich denn hier verstecken?"

„Da, hinter dem Baum."

Lautes Gegluckse hinter dem Baum

„Die Lena ist hier nirgends. Ich glaube, sie ist nach Hause gegangen."

„Hier bin ich doch!"

„Ach, da bist Du! Du musst aber doch in Deinem Versteck bleiben, bis ich Dich gefunden habe."

„Papa, wo hat sich der Mond versteckt?"

„Der Mond sagt auch nicht immerzu: Hier bin ich. Der bleibt schön hinter den Wolken versteckt, bis ihn die Sterne gefunden haben."

Kapitel 9

Ein Eis geht noch

„Ich will ein Eis, Papa."

„Wie heißt das richtig?"

„Ich will ein Eis, bitte."

„Und ganz richtig?"

„Ich möchte ein Eis, bitte."

„So ist das richtig. Aber wir gehen jetzt nach Hause. Und dann gibt es Mittagessen."

„Ein Eis!"

„Aber nur ein ganz kleines, ja?"

„Ja, ein kleines."

„Gut, suche Dir eins aus."

„Das da!"

„Das ist genau wieder das größte. Na gut, Du bekommst das, und ich nehme mir ein Schokoladeneis."

„Papa?"

„Ja, Lena?"

„Tauschen."

„O.K., gib her, hier hast Du mein Schokoladeneis."

Zu Hause

„So, ich mache uns jetzt schnell etwas zum Essen. Du kannst solange malen."

„Wo sind meine Smarties?"

„Es gibt doch gleich Mittag."

„Meine Smarties – wo sind meine Smarties?"

„Isst Du dann auch noch Mittag?"

„Ja."

„Ehrenwort?"

„Ehrenwort!"

„Komm, schlage ein."

Die Smarties sind alle, das Essen steht auf dem Tisch

„So, Lena, jetzt gibt's Kartoffeln und Blumenkohl."

„Ich mag nicht."

„Du hast versprochen, dass Du etwas isst."

„Ich habe keinen Hunger."

„Dann esse ich alles allein auf. Hm, der Blumenkohl schmeckt aber gut, willst Du nicht doch ein bisschen abhaben?"

„Ich mag nicht."

„Du willst doch mal so groß werden wie die Mama."

„Ich bin schon ganz groß."

„Wenn Du nichts isst, dann scheint morgen nicht die Sonne."

„Ich mag nicht essen."

„Du magst doch sonst so gern Blumenkohl – schmeckt er Dir denn heute nicht?"

„Nein, ich bin satt."

„Möchtest Du nach dem Essen noch ein Stückchen Schokolade?"

„Nein."

„Na, dann bist Du wohl wirklich satt. Willst Du jetzt in Dein Bettchen gehen?"

„Ein Eis möchte ich."

„Ich denke, Du bist satt?"

„Wollen wir ein Eis kaufen, ja?"

„Kinder, die nichts essen, können auch kein Eis haben. Sonst bekommst Du Bauchweh. Willst Du nicht doch etwas Blumenkohl probieren hier…?"

Sekunden später

„Fertig!"

„Was, schon leer, Dein Teller? So einen Bären-hunger hattest Du?"

„Gehen wir jetzt ein Eis kaufen?"

„Jetzt bist Du doch bestimmt satt, oder?"

„Ein Eis geht noch!"

„Gut, aber nur ein kleines. Sonst musst Du wie-der spucken."

„Ja, ein kleines."

Später

„Das war klar, Lenimaus, dass Du Dir wieder das größte Eis aussuchst."

Ende

www.tredition.de

Über tredition

Der tredition Verlag wurde 2006 in Hamburg gegründet. Seitdem hat tredition Hunderte von Büchern veröffentlicht. Autoren können in wenigen leichten Schritten print-Books, e-Books und audio-Books publizieren. Der Verlag hat das Ziel, die beste und fairste Veröffentlichungsmöglichkeit für Autoren zu bieten.

tredition wurde mit der Erkenntnis gegründet, dass nur etwa jedes 200. bei Verlagen eingereichte Manuskript veröffentlicht wird. Dabei hat jedes Buch seinen Markt, also seine Leser. tredition sorgt dafür, dass für jedes Buch die Leserschaft auch erreicht wird

Autoren können das einzigartige Literatur-Netzwerk von tredition nutzen. Hier bieten zahlreiche Literatur-Partner (das sind Lektoren, Übersetzer, Hörbuchsprecher und Illustratoren) ihre Dienstleistung an, um Manuskripte zu verbessern oder die Vielfalt zu erhöhen. Autoren vereinbaren unabhängig von tredition mit Literatur-Partnern die Konditionen ihrer Zusammenarbeit und können gemeinsam am Erfolg des Buches partizipieren.

Das gesamte Verlagsprogramm von tredition ist bei allen stationären Buchhandlungen und Online-Buchhändlern wie z. B. Amazon erhältlich. e-Books stehen bei den führenden Online-Portalen (z. B. iBookstore von Apple) zum Verkauf.

Seit 2009 bietet tredition sein Verlagskonzept auch als sogenanntes "White-Label" an. Das bedeutet, dass andere Personen oder Institutionen risikofrei und unkompliziert selbst zum Herausgeber von Büchern und Buchreihen unter eigener Marke werden können.

Mittlerweile zählen zahlreiche renommierte Unternehmen, Zeitschriften-, Zeitungs- und Buchverlage, Universitäten, Forschungseinrichtungen, Unternehmensberatungen zu den Kunden von tredition. Unter www.tredition-corporate.de bietet tredition vielfältige weitere Verlagsleistungen speziell für Geschäftskunden an.

tredition wurde mit mehreren Innovationspreisen ausgezeichnet, u. a. Webfuture Award und Innovationspreis der Buch-Digitale.

tredition ist Mitglied im Börsenverein des Deutschen Buchhandels.

Zeitfracht Medien GmbH
Ferdinand-Jühlke-Straße 7
99095 Erfurt, Deutschland
produktsicherheit@kolibri360.de